RENCONTRE AVEC LA FAMILLE MOROCO

interdit au moin de 18 ans

RENCONTRE AVEC LA
FAMILLE MOROCO

Chapitre 1 : La plage de Port Maria

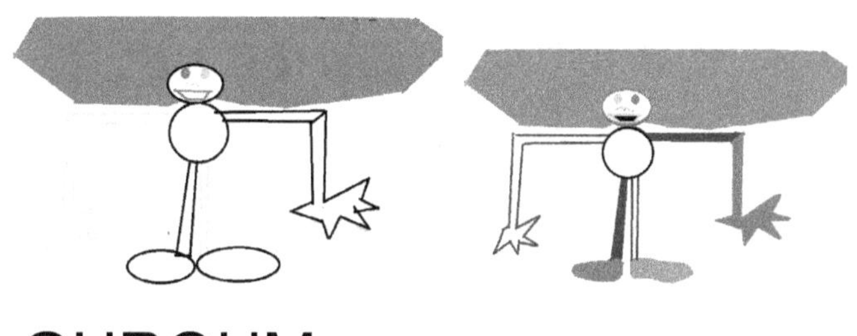

GHROUM

ENFIN, ils sont enfin tranquilles, ils sont insupportables, toujours à se monter la tête pour des broutilles. Les parents ont aussi la possibilité de se séparer. Mon prénom est SOFIANE MOROCO je vien ici uniquement en vacance on vie avec ma famille dans le nord de la france en plus en ce moment ils s'arrête pas de ce prendre le choux pour rien.OK non moi ce Mes deux grands-frères se chamaillent souvent pour des broutilles. Tes frères et tes parents sont-ils au travail ou sont-ils décédés? Non, ils ne sont pas au travail en ce moment. Ils sont débordés et en plus ils font beaucoup d'heures supplémentaires, il y a un tel manque de saisonnières. Je confirme mes parents quand ils ne Ils sont toujours très fatigués, ils ont un gradient médical et leurs parents exercent le métier de médecin. humeur enfin quand je suis dans le coin il m'ont toujour dit que je ne dois pas être dans leurs parte quand ils sont en repos forcé, ils sont très désagréables quand ils sont en repos forcé.Bonjour alors c'est toi p'tit diable numéro 2 Oui, on te connaît, toi et le fils de Madeleine Palaud, en plus tu as un bon appétit. Je te présente mes trois frères jumeaux. Nous sommes nés tous les quatre le même jour.

CHAPITRE 2 : ARRIVÉE DES 2 GRANDS ENCRE NOIR ET GRAND ANGE

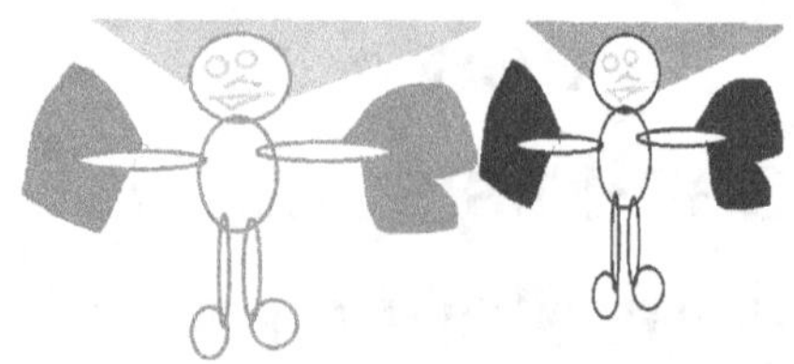

NOIR ALLO p'tit diable numéro 2 bonjour ou la des 4 triplés en tous cas vous faite connaissance ça tombe bien tien p'tit diable numéro 2 ton gouté on te laisse faires connaissance vien grand ANGE NOIR.TA raison a tous ta l'heure p'tit diable numéro 2 pas de bétise les jeunes on reste dans la jaune dont pas de folis les jeunes on vous surveille de loin et non de trés prés allée a tous ta l'heure.ILS sont cool tes grand frères il te laisse seuil avec Bien qu'ils ne nous connaissent pas du tout, ils nous surveillent attentivement. Ne parle pas trop vite, ils sont juste derrière. tous cas je pense qu'ils sont en train de me préparé 1 mauvais coup En général ils sont souvent des idées derrière la tête. MAIS non et puis de toute façon nous on les connais pas Ils sont juste là pour vérifier que tu manges ton goûter.

CHAPITRE 3 DEMANDES

Mon grand frère, je pourrais inviter des amies dans notre appartement. OUI mais à 1 condition pas de crisse super violente.et oui dans la vie rien et gratuit donc la réponse et oui pas contre cette après-midi tu et avec GRAND ANGE NOIR et tu va avec p'tit numéro 9 chez MADELEINE PALAUD et oui certe semaine du reste les après-midi et aussie de changé de comportement envers lui tu et devenu 1 peu trop violent cette après-midi tu as intérêt à te tenir tranquille je te surveillé.OUI Grand-frère Paf Ay arrête, c'est pas la première fois que j'entends ça. Va prendre ton poncho et reste calme jusqu'à 12h.

GROUM

Bonjour, p'tit numéro 9. Comment ça va à la douche, p'tit diable numéro 2? Reste ici, allée, p'tit numéro 9. à la douchep'tit diable numéro 2. grand ANGE NOIR , tu n'as pas besoin de lui mettre trop de shampoing, je vais m'occuper de préparer les seringues.OK grand ENCRE NOIR

CHAPITRE 4 Quatre amies ont fait leur arrivée dans l'appartement.

Salut les amis, les cadeaux et les bonbons sont là, mais où sont tes frères? En compagnie de mon petit frère à la plage de Port-Maria, nous sommes rentrés vers 11h pour remplir des formulaires numériques et faire les formalités nécessaires. mais c'est des bonne d'arcades est des mini-consoles à base de raspberry pi 1.2.3 et 3b+ personnellement on préfère les 2 modèle nes snes et ps1 des raspberry pi 4 hormi le pi 400.JE préfère le pi 800 Au moins, nous sommes tous connectés.

Chapitre 5 : arrivée de Le groupe LES 4 JUMEAUX MALÉFIQUES

GHROUM

Quelle semaine merdique! Alors comment ça va, petit numéro 9? Oui, nous sommes de retour pour prendre soin de toi et de petit diable numéro 2 qui arrive bientôt.

GHROUM

ALOR comment s'est passée ta semaine chez tes s'armie pas trop de complication en tous cas tu a pris des couleurs allée vien d'asseoire alor comment ça va.ALLEZ avale p'tit numéro 9 allor comment c'est passée ta semaines sas nous hein allez fini de mangé bon p'tit diable numéro 2 vous avez d' la chance tous les 2 cette après-midi vous allée à la plage pas de comédie et pas de mauvais coup on vous surveille tous les 2.

Chapitre 6 : Madeleine Palaud

GHROUM

Mes chéries, comment ça va? En tout cas, vous vous êtes bien débrouillées. Aussie et encore plus avec

MADELEINE PALAUD

 on a décidé de vous laisser la maison de derrière par contre pas

de relation sensuelle entre vous
hein p'tit diable numéro 2 et p'tit
numéro 9 en plus vous pourrait
jouer dans la nouvelles pièces
gaming de

MADELEINE PALAUD

Il n'y a rien à redire sur les 4
jumeaux maléfiques. préparé
vaux valise en tous cas pour 1
fois ils sont fait correctement
votre valise en plus cette fois ils
n'ont pas mieux que les mailliot
de plage en tous cas tous et

super bien rangé.ON vous prévien la famille MOROCO arrivée à 10h15 et ils repart a 20h15 et non on ne vous laisse pas seuil dans la maison derrière on vous prévient MUDOUME et sébastien LE RET vienne dormir avec vous et oui ils sont très fatigués donc ils risque de s'endormir avant d'arriver à leurs lit.

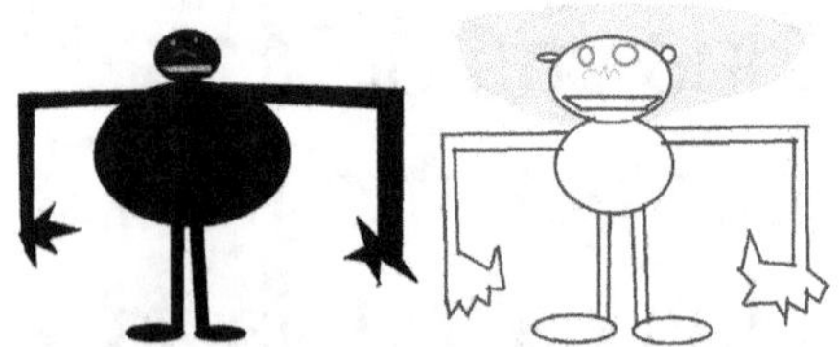

Chapitre 7 : Retour à l'appartement

GHROUM

 ALOR LACHE-MOI HUM HUM
HUM HUM CHUUUT allée vien
dans mes bras mon chérie alor
p'tit diable numéro 2 que ce
passe t'il en tous cas tu a tu
dormir avec MUDOUME ou
SÉBASTIEN LE RET allée enléve
tous.Grande ENCRE NOIR tu
peux venir m'aider.

(2 heures plus tard et demie)

MAMAN MAMAN MAMAN
MAMAN

CHUUUUUUUT Viens en tout
cas, tu es bon. a changé ci

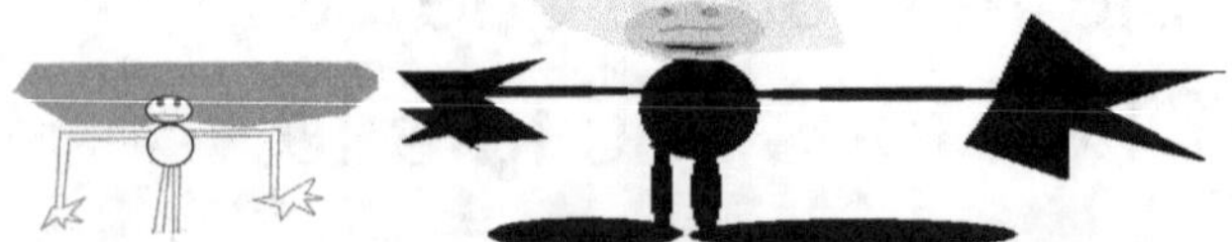

grand ANGE NOIR ou GRAND
ENCRE NOIR

devoir.dans cette état je vais passée 1 sale quart d'heure allée respire.

MAMAN MAMAN MAMAN
MAMAN

Allée respire, je crains qu'on soit obligé de la vider.

CHAPITRE 8 : UNE CRISE EXPLOSIVE

 AAAAAAAAHHHHH BOUM
BOUM BOUM
CHUUUUUUUUUT

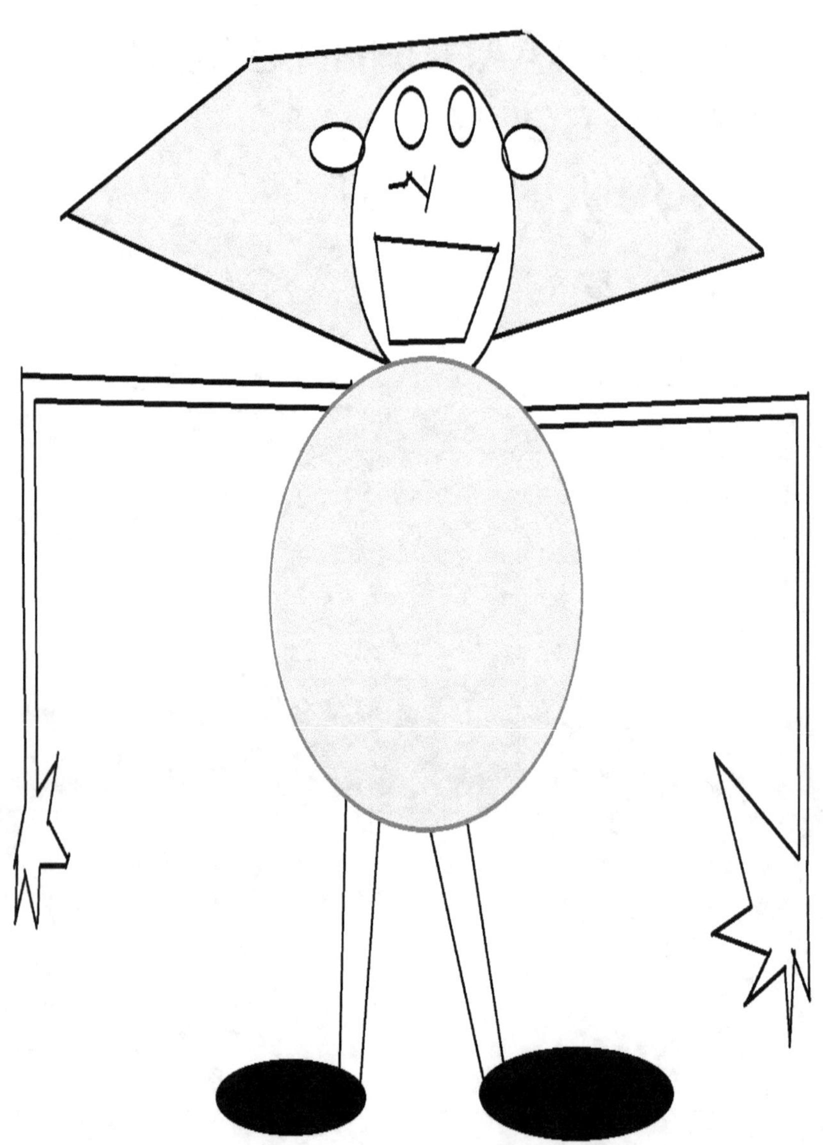

aller reprend-toi.ANUBIS ghroum OU la

GHROUM

Excusez-nous, les gars, mais il y a une urgence.

AAAAAAAA HHHHH BOUM
BOUM BOUM CHUUUT
CHUUUT REPREND toi

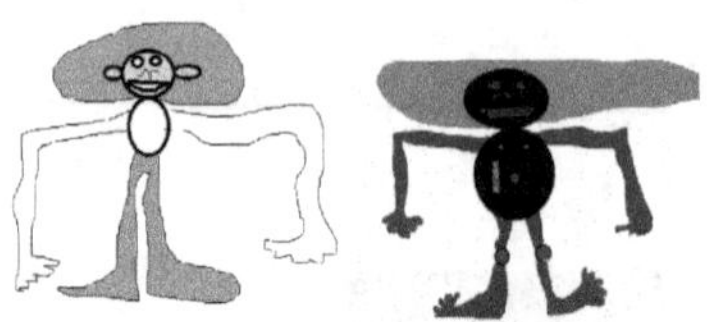

  aller reprend-toi en tous cas sa
promet sa fait 2 mois depuis la
dernières explosion violent de
crise HUM HUM HUM HUM c'est
bien té revenu mon chérie en
tous cas tu revien de très loin
allée ont va s'occuper de toi allez
reprend-toi

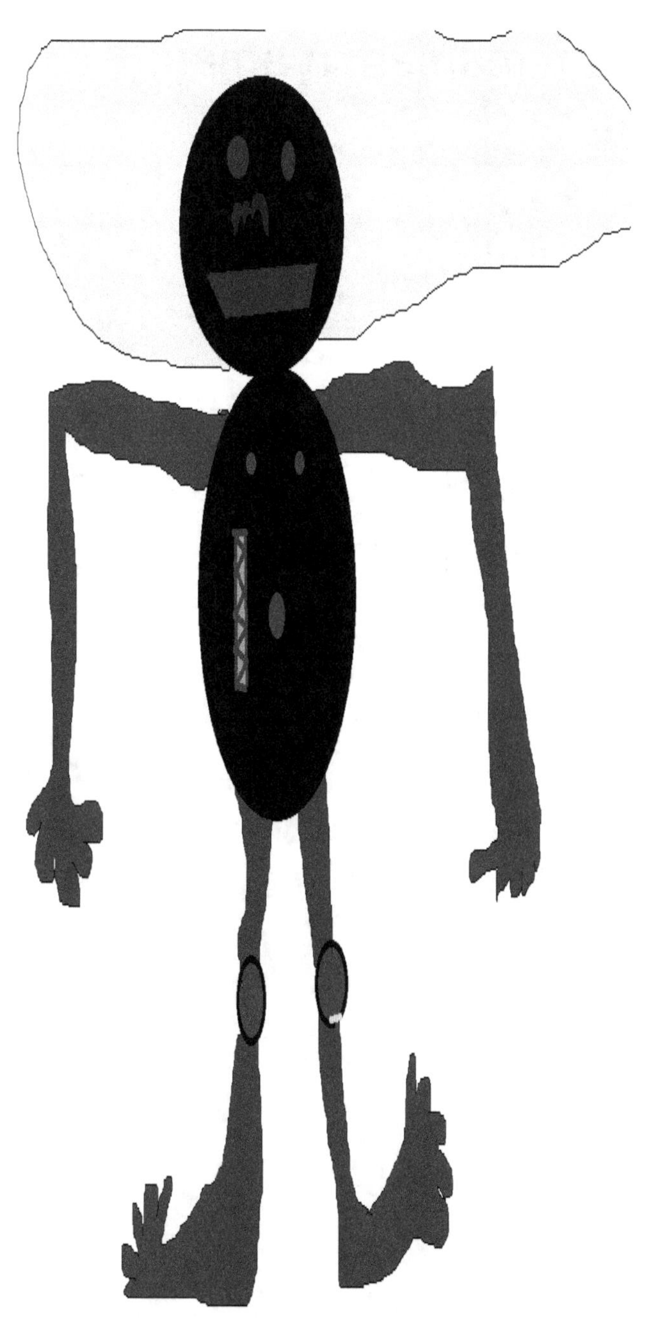

(Maman, maman, maman,
maman)

Je te remercie Lucas,
heureusement que tu étais de
garde avec HUGO, vous avez
réussi à le maîtriser sans
paniquer.

CHAPITRE 9 DODO CHEZ MADELEINE PALAUD

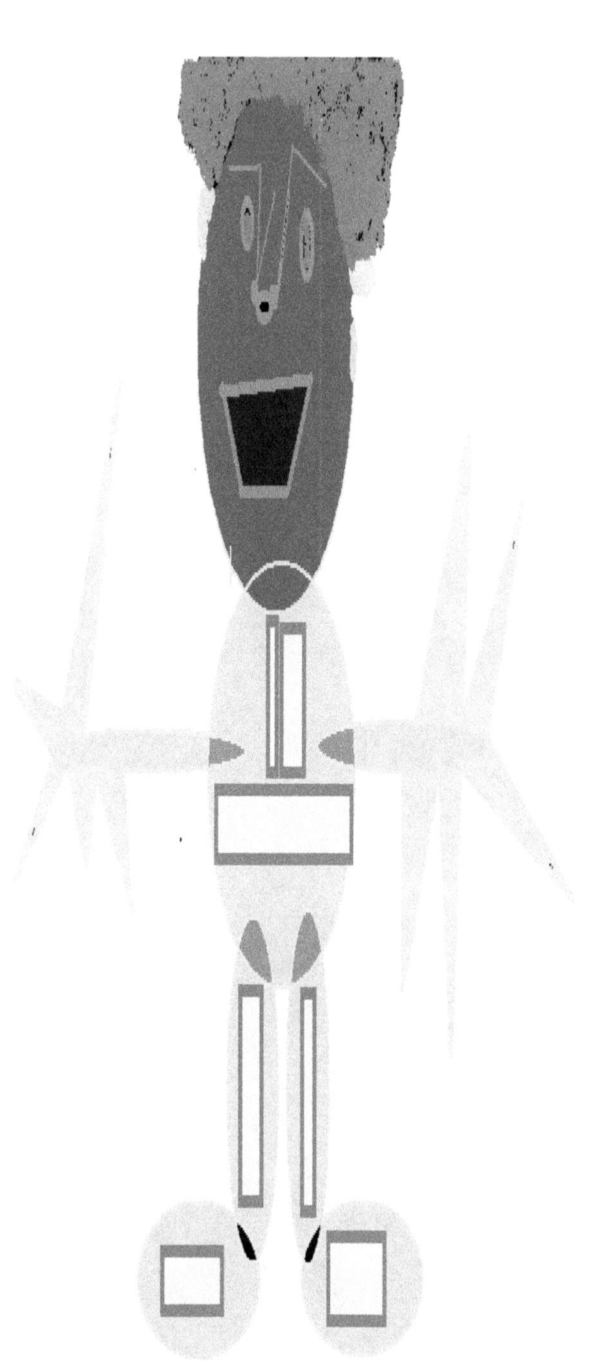

GHROUM

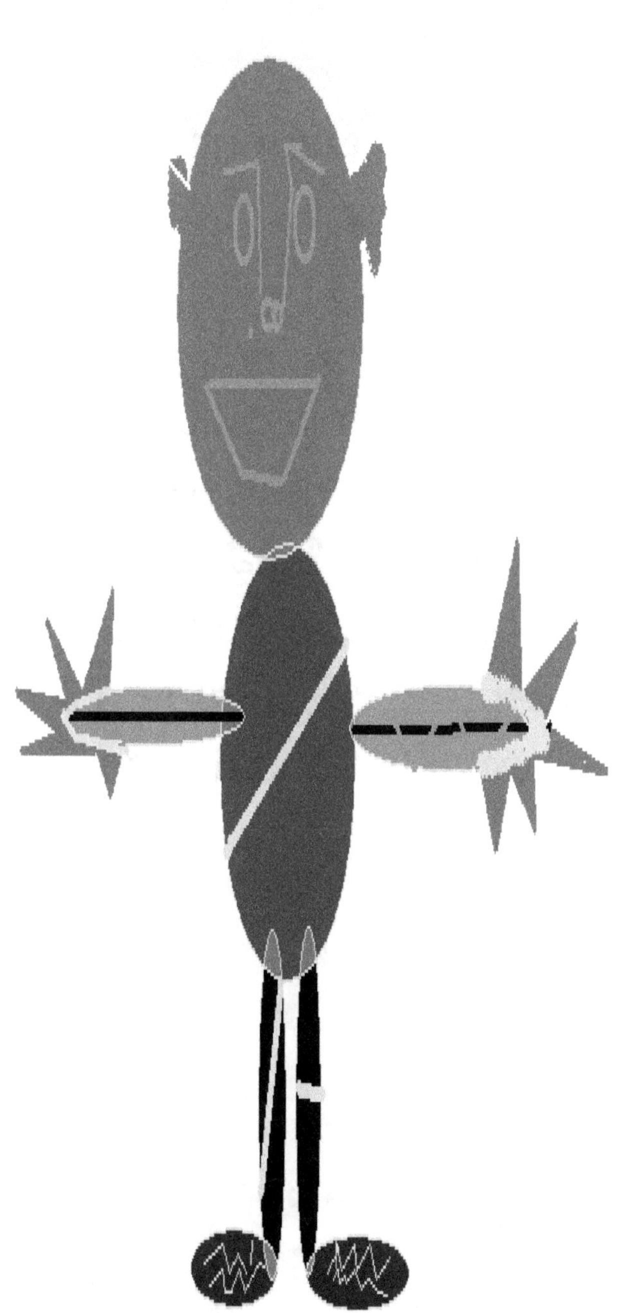

tu calme les coléreux de toutes façons on dort avec vous cette semaine et en plus on dois s'occuper de vous de A à Z toutes la semaines et on espère que vous allez vous tenir à carreaux.ALLER à la plage du fozo tous les 2 on va vous récupéré vert 17h12 pas de mauvais coup et pas de fuite ce soir vous aurez vos insertion à 19h05 et en plus vous dormez avec nous et

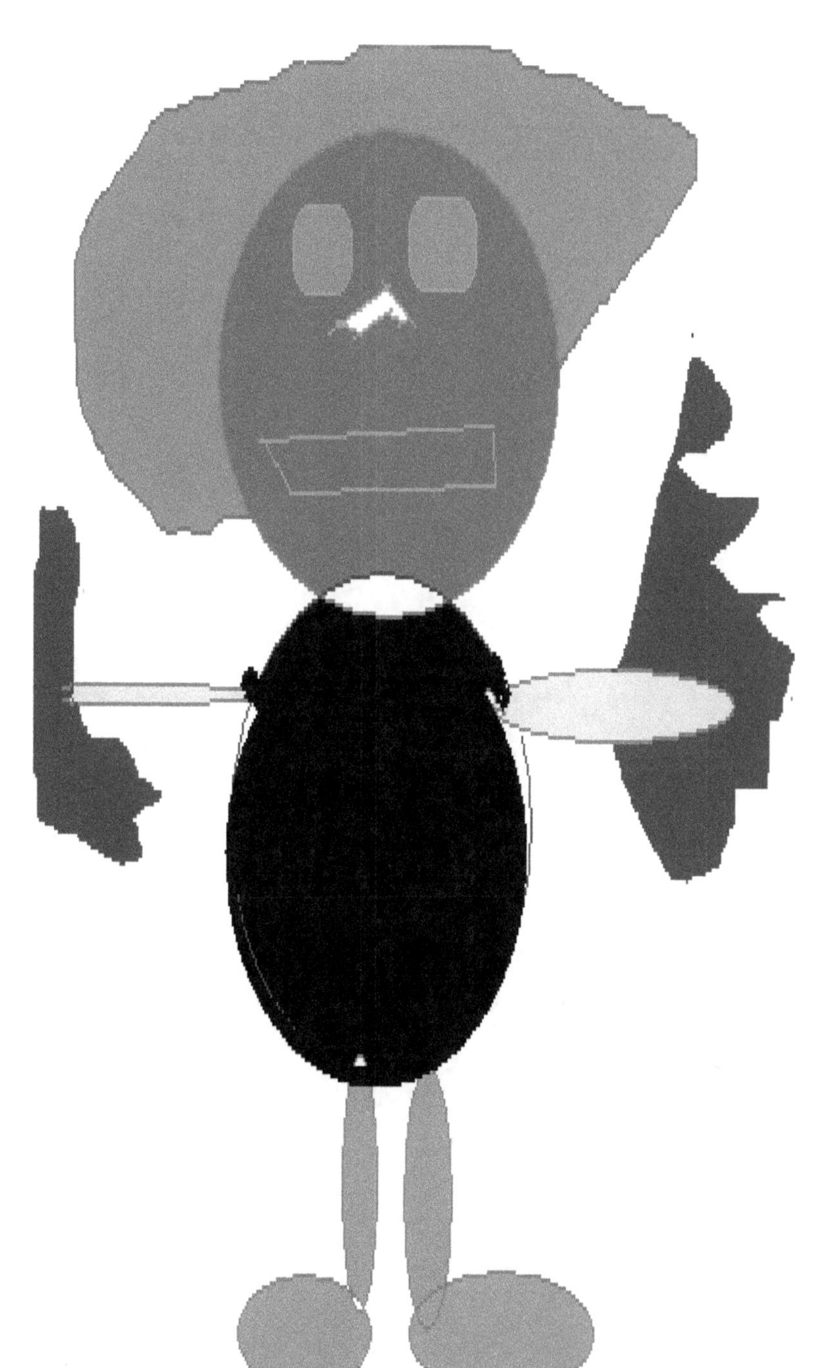

MUDOUME et
Sébastien LE RET.

CHAPITRE 10 R A S POUR LA SOIRÉE

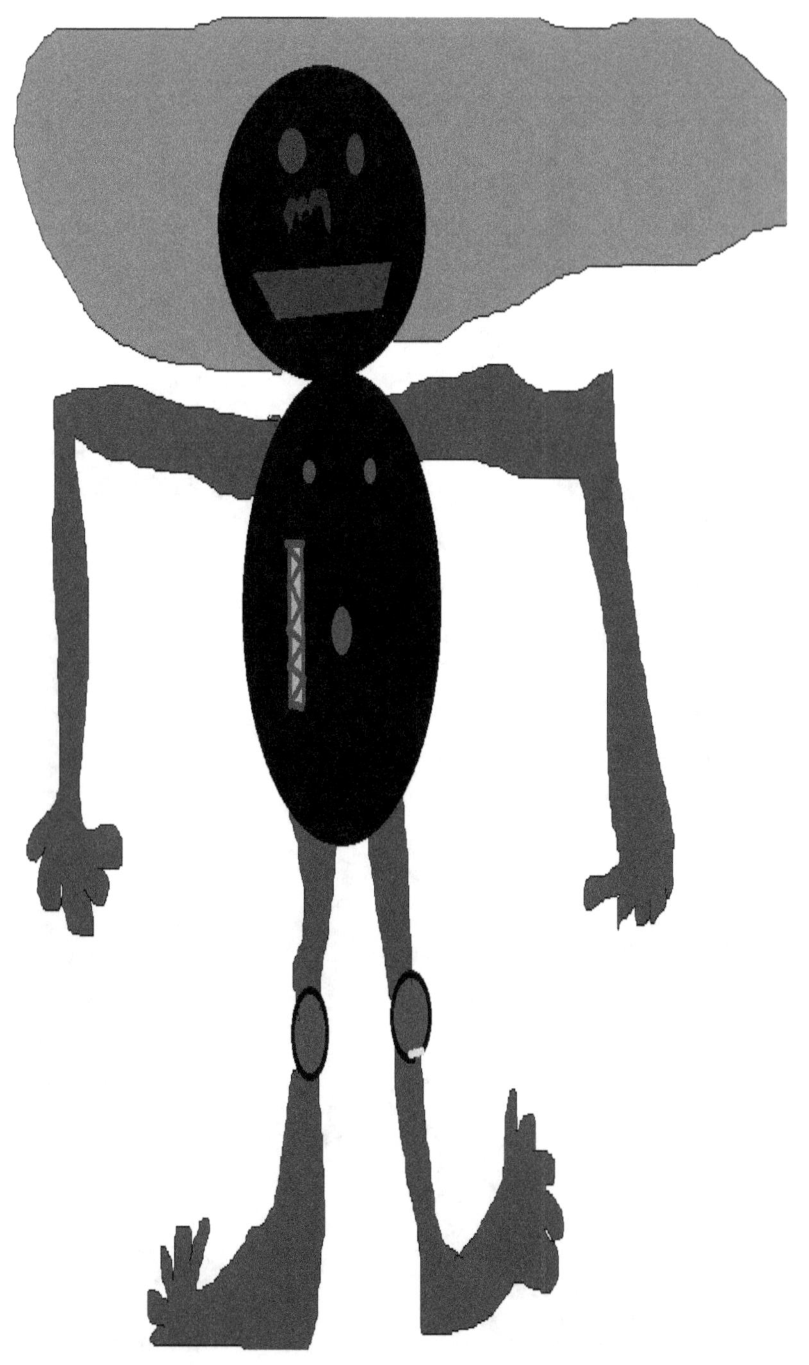

OUFF qu'elle journée de merde
en tous cas toujour autant
d'heure alor mes chérie comment
ça va p'tit numéro 9 et p'tit diable
numéro 2 ou la tu et super brûlant
en tous cas les gars vous s'étre
super fatigué allée au lit.1
minutes on dort avec eux cette
nuit et voilà les résultat des
dernières analysé en tous cas
vous s'étre très fatigué en plus on
dois vous surveille hein et oui
vous avez recommencé les
rapport sensuelles avec p'tit
numéro 9 et p'tit diable numéro 2
allor comment ce fait t'il que vous
s'étre terriblement fatigués et

pourtant vous arrivée a utilicé
vaux sexe en étant super
fatigué.ALLEE p'tit diable numéro
2 dans mes bras allée p'tit
numéro 9 on va au lit pas contre
on vous change et au lit et o fait
demain vous allez profiter de

MUDOUME et
Sébastien LE RET.

Chapitre 11 : le lendemain

HUM HUM HUM

ALLEE debout les gro dormeur
allée bon p'tit numéro 9 et p'tit
diable numéro 2 vous resté dans
votre bulle aseptique chacun sa
bulle et oui vaux dernier résultat
d'analyse sont trop mauvais donc
vous rester au moin 5 jours dans
vaux bulles aseptiques
rassurez-vous on reste dans la
zone et en plus on ne vous lâche
pas au niveaux des
médicalement et des recherche
de nouveaux moyen pour vous
permettre de resté tranquille dans
vaux bulles et oui on vous
surveillés pendant ces 5 jours

donc pas de chance vaux amie
de la

famille MOROCO

font venir vous voir vous serez cul-nu devant eux mais comme vous avez l'obligation de rester cul-nu dans vaux bulles aseptiques.ET oui bon on va Dans le cas où vous auriez besoin d'aide pour votre petit-déjeuner, veuillez rester calme et pas de mauvais coup. Sinon, nous vous laisserons seul avec

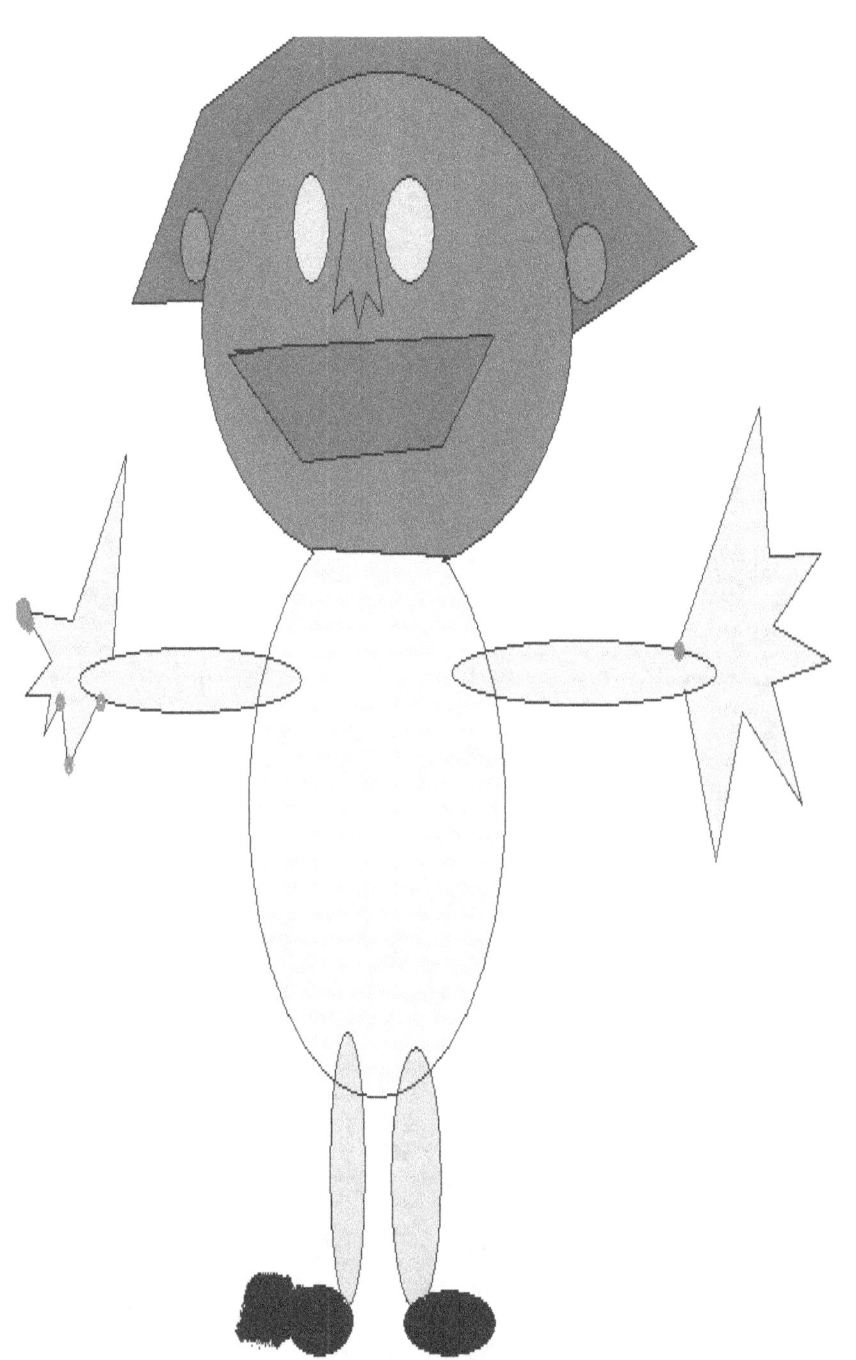

MUDOUME et
Sébastien LE RET.

CHAPITRE 12 PARTIE DE N 64

ALLEE rentré famille MOROCO
bon on vous rappelle que les
téléphones et les tablettes
portables sont interdit en salle
aseptique pas contre on vous
prévient les montre et les bracelet
connecté sont interdit aussie
seuls les pc et les consoles
RECALBOX sont acceptés dans
ce jors d'endroit et oui voilà
pourquoi ils y avait des borne et
des pc et les raspberry pi 1.2.3 et
3b+ incit que les raspberry pi
model A 3 sont aussie dans les
salle aseptique on remercie

l'association RECALBOX et
NEMCOSHOW

Grâce à eux, les partiens en salle aseptiques sont de meilleure humeur